LOUIS AIGOIN

RÉACTIONS

DE LA VIE

Préface par Eug. Pelletan

PARIS

BIBLIOTHÈQUE NATIONALE D'ÉDITION

28 bis, *rue de Richelieu*, 28 bis

1895

RÉALITÉS

DE LA VIE

OUVRAGES DU MÊME AUTEUR

Discussion relative au dicton sur Pontoise (brochure), 1884.

Rêveries et réalités, poésies (1 volume), 1886.

NOTA

Le présent recueil contient, avec des pensées *inédites,* une partie de celles qui ont été publiées, en 1894, par la revue de la france moderne, la revue hebdomadaire, et divers journaux. Un assez grand nombre ont été reproduites dans plusieurs périodiques, en France et à l'Etranger: le gaulois, l'illustration, la revue du dimanche (de Lausanne), etc., etc.

Des lecteurs pourront donc retrouver ici des pensées déjà connues.

LOUIS AIGOIN

RÉALITÉS

DE LA VIE

Préface par Paul Perret

PARIS

PAUL OLLENDORFF, ÉDITEUR
28 bis, *rue de Richelieu*, 28 bis

1895

PRÉFACE

—

DES RECUEILS DE PENSÉES

—

La « pensée » ne doit pas être cher-
chée ; elle vient, elle naît d'elle-même
et jaillit tout armée de l'esprit du
« Penseur ». Si elle ne se présente pas
dans sa formule, on peut gager qu'elle
n'est pas bonne et ne sera pas frap-
pante. Reste à aiguiser cette formule
qui n'est jamais assez précise : l'idéal,

c'est la taille à facettes, comme pour le diamant.

Aussi ce genre des *Pensées* est difficile ; il est fort apprécié au temps présent. Une émulation s'est établie entre de bons ouvriers ; le public délicat les suit avec faveur. A cela on peut trouver plus d'une raison.

Les *Pensées* offrent un aliment à la fois substantiel et léger, absorbé en un moment, qui n'en laisse pas moins dans l'esprit des parties vraiment nutritives. La vie rapide dont nous aimons à nous vanter, comme si ce n'était pas une sotte gloire, a retranché les loisirs aux liseurs des deux sexes. Monsieur est tout à ses affaires, Madame à ses obligations mondaines ; — celui-là toujours absorbé, celle-ci toujours sortie. Conseillez au premier de lire un livre de philosophie ou d'histoire, il vous répondra : Et le temps ? Où voulez-vous que je le prenne ?

Madame prélèverait bien une heure sur l'étonnante diversité de ses distractions, pour dévorer un roman ; mais on ne fait plus de romans qui se dévorent ; il y faut une mastication lente, et le morceau est quelquefois si épais qu'à ce prix-là même la digestion demeure incertaine.

Cependant les hommes et les femmes d'aujourd'hui ressentent encore quelque vague besoin d'étudier le cœur humain..., des autres, et même de faire, à l'occasion, un petit retour sur leur propre cœur. Les livres de pensées sont là : de jolis recueils très minces, où se trouvent pourtant condensées nombre d'observations morales, détachées et concises. On en lit une d'un coup d'œil, on a la curiosité de la suivante, et puis de celle qui pourrait se rencontrer à une autre page ; on s'arrête cependant, on a de quoi réfléchir, raisonner, discuter mentalement. Voltaire a dit des Maximes de La Rochefoucauld : « Elles accoutument à penser. »

Et voyez quel avantage ! Prendre cette belle habitude-là sans fatigue ! Tout est profit pour les amateurs de Maximes ; la peine n'est que pour le « Maximeur » ou la « Maximeuse », car il y a des ouvrières en cet art semé d'écueils ; on en rencontre même de très fines.

***

Le premier de ces écueils, c'est la redite.

Si, en effet, le domaine des idées fausses est sans borne, celui des idées justes est limité. On peut donc affirmer que tout ce qui est vrai a été pensé par beaucoup de gens, et sans doute écrit par quelqu'un. C'est la remarque que faisait déjà La Bruyère en son temps : « Tout est dit, et l'on vient trop tard depuis plus de sept mille ans qu'il y a des hommes, et qui pensent. Sur ce qui concerne les mœurs, le plus beau et le meilleur est enlevé ; l'on ne fait que glaner après les anciens et les habiles d'entre les modernes. »

Le fond de l'être humain ne change

guère. Toutefois, on ne peut nier, sur ses mœurs et ses habitudes, sur ses qualités et ses défauts, sur ses vices et sur ce qui lui reste de vertus, l'influence de l'époque et du milieu social ; les différences de climat et de nationalité introduisent nécessairement un écart bien plus large. Les Japonais se sont amusés, pour leur malheur, à se faire Européens ; il n'est pas besoin d'y regarder bien attentivement pour retrouver le Japonais. Qui ne connaît le proverbe : « Grattez le Russe, vous reverrez le Cosaque. » Mais Européens, Japonais, Cosaques et Russes sont toujours des hommes.

L'être humain, sous quelque ciel qu'il soit placé, n'est donc jamais absolument neuf au regard de l'observateur. Le moraliste n'en doit pas moins apporter toujours de la nouveauté dans la manière dont il exprimera, sur ce vieux sujet, des pensées justes. Il n'y a point de *vrai* recueil de *Pensées*, si l'auteur n'y a mis son empreinte personnelle. M. Eugène Marbeau, qui s'y connaît et a fait ses preuves, disait naguère : « La forme seule peut appartenir à l'auteur, et dans son livre, ce qui sera vrai ne sera probablement pas nouveau ; ce qui serait nouveau risquerait fort de n'être pas vrai .»

Avant M. Marbeau, Vauvenargues avait écrit : « J'avertis les lecteurs qu'on n'a jamais eu pour objet dans cet ouvrage de dire des choses nouvelles, quoiqu'il puisse s'y en rencontrer un assez grand nombre. On a tâché d'y mettre de la vérité et quelque précision : c'est tout ce qu'on s'est proposé. Si l'on s'est servi des pensées et des expressions de quelqu'un, il n'y a donc qu'à les rapporter à leur auteur. Celui qui a écrit ces réflexions aime assez la gloire, pour ne pas chercher à s'approprier celle d'un autre. »

Arsène Houssaye, de nos jours, insiste sur ce point difficile : « Les maximes sont la monnaie que les sages se passent de main en main. Aussi combien peu gardent leur marque de fabrique ! Voilà pourquoi on a toujours peur de prendre le bien d'autrui. »

Il ne faudrait pourtant pas que cette peur devînt trop inquiète dans le nou-

veau « maximeur » qui passe de l'étude
à l'exécution ; elle l'embarrasserait
sans raison sérieuse. Tient-il la vérité
ou croit-il la tenir ? La vérité est une,
mais elle appartient à tout le monde ;
chacun la peut habiller à son gré ; ce
qui n'est point permis, c'est de l'affu-
bler d'oripeaux qui la déguisent.

Le « Penseur » timoré rencontre un
deuxième obstacle, imaginaire souvent,
car ce n'est que l'effet d'un scrupule.
Portant sur l'humanité des jugements
sévères, il craint de dépasser les bor-
nes ; cette crainte se complique en lui
d'une pudeur. Il met à nu l'infirmité
morale de l'homme ; si le lecteur, qui
est un homme, s'avisait de la débla-

biller à son tour ? L'attaque appelle la revanche.

Ce lecteur dépité peut prétendre que le moraliste ne ferait point si mal en se regardant au miroir qu'il présente aux lecteurs. Un pédant qui fait la leçon vaut-il mieux que ceux qu'il morigène ? Et il le sait bien qu'il n'est ni plus sincère ni meilleur au fond ! C'est peut-être lui-même qu'il a pris secrètement pour sujet d'étude.

« On prétend reconnaître l'auteur dans son livre, dit M. Marbeau... On le soupçonne d'avoir jugé l'humanité d'après son propre cœur... Un moraliste prudent devrait donc, pour ne pas être mal jugé, je veux dire pour ne pas être jugé en mal, ne décrire que des sentiments généreux... Malheureusement ces sentiments élevés et nobles ne sont pas les seuls qui animent les hommes... Il faut se résigner à voir le mal comme le bien, et à dire la vérité telle qu'on la voit... Si une observation morale est quelquefois une confession, elle est souvent aussi un portrait ; constater n'est pas absoudre, et il serait injuste de confondre avec l'accusé le témoin attristé. »

M. Marbeau a raison ; cependant, un vieux dicton rappelle qu'on a toujours le droit de maudire ses juges. Il est assez naturel que le portrait véridique de l'humanité mette quelquefois de méchante humeur le liseur portraituré. — La Rochefoucauld a dit : « Ce portrait court fortune de ne plaire pas à tout le monde, parce qu'on trou-

vera peut-être qu'il ressemble trop, et
qu'i' ne flatte pas assez. » La Rochefoucauld ajoute : « Le meilleur parti
que le lecteur ait à prendre est de se
mettre d'abord dans l'esprit qu'il n'y a
aucune de ces maximes qui le regarde
en particulier, et qu'il en est seul ex·
cepté, bien qu'elles paraissent géné-
rales. Après cela, je lui réponds qu'il
sera le premier à y souscrire, et qu'il
croira qu'elles font encore grâce au
cœur humain.»

Ceci est l'ironie d'un maître, de
celui de tous dont les verges ont été
les plus aiguës. Il y a certainement du
bien à dire de l'homme ; La Rochefoucauld ne le croyait pas ou ne s'y
prêtait guère. Il n'avait pas la belle im-
partialité de Pascal, qui en deux lignes

tranche la question, réprimandant également « ceux qui prennent le parti de louer l'homme et ceux qui le prennent de le blâmer ».

L'enseignement vrai, le voilà : ni louange concertée, ni blâme résolu. Sur cette créature si grande et si petite, si bonne et si mauvaise, le moraliste ne doit exposer que ce qui est démontré, vérifié et fondé en justice; le lecteur tirera la conclusion et n'accusera pas celui qui en a fourni les éléments. Au reste, s'il est sensé, comment soupçonnerait-il un auteur d'avoir particulièrement dénoncé les vices auxquels il peut être enclin lui-même? C'est le contraire qui arriverait, si cet auteur n'était pas de bonne foi ; il blâmerait de préférence les travers dont il se croit exempt. S'il est naturellement prodigue, il flétrirait l'avare; il réprouverait l'excès de libéralité, s'il est parcimonieux. Il ne saurait pourtant, s'il blâme à la fois l'avarice et la prodigalité, réunir en lui deux défauts qui se contredisent.

La vérité toujours, la vérité en tout. Tel doit être l'unique flambeau qui éclaire le fond de son ouvrage, le guide unique dans la forme qu'il y doit donner. Cette forme, je l'ai déjà dit, est tenue à la concision, à la clarté, à la sobriété, à la valeur exacte et à la saveur piquante du trait. La moindre obscurité déparerait l'ouvrage, la banalité le rendrait ridicule. Telle

est la règle, il n'y en a point d'autre.
Quant à l'allure du style, la liberté
demeure entière, pourvu que l'auteur
écarte le faux goût et ne tombe pas
dans le genre ennuyeux. Rien ne l'empêche d'être badin, s'il lui plaît; la
vérité se dit en riant. Pourquoi le
moraliste ne serait-il pas aimable?
Vauvenargues le fut, si La Rochefoucauld se soucia peu de l'être.

Le « Penseur » a-t-il plus de disposition à l'amertume? Qu'il y donne
cours, tout en se méfiant pourtant un
peu de la résistance qu'en ce cas il
rencontrera dans une certaine catégo-
rie de lecteurs d'âme craintive et
douce. Il lui est loisible d'employer à
sa volonté l'avertissement persuasif
ou la satire, la boutade ou l'épigramme.

Chacun en use à sa manière : l'essentiel est de se faire lire. Le but honnête, l'objet moral, c'est de rendre meilleurs ceux qui liront.

Ceux-là ne seront pas le nombre ; le genre des *Pensées* s'adresse à une élite, aux seuls esprits réfléchis et délicats ; on en peut espérer une notoriété distinguée, la « gloire » même, comme disait Vauvenargues, — une gloire de cabinet ; — la popularité, point ; le profit, jamais.

La peine est donc plus grande que la récompense qu'on en doit attendre. Un recueil de Pensées s'écrit lentement ; au courant de la plume, point du tout. L'achèvement en demande des mois et des années. Avant l'exécution, la préparation a été longue ;

l'imagination, avec ses enfantements rapides, ne compte pour rien en ce jeu de patience ; l'observation, la méditation, voilà les éléments, et il faut, avant de passer au tri sévère des idées qu'on se détermine à soumett.e au public, en avoir remué des quantités considérables. Avec le même effort, qui aboutit à quelques pages, on aurait, dans le même espace de temps, écrit des volumes. Cette remarque a été vivement faite par M. Sully Prudhomme, dans une lettre adressée par le poète-académicien à la comtesse Diane, auteur des *Maximes de la Vie.*

« Vous ne vous êtes pas infligé la tâche de composer un ouvrage. Vous vous êtes contentée de réunir au ha-

sard et sans lien vos observations sur
la vie. L'écrivain de profession ne
s'abandonne pas ainsi ; il ne publie
pas un recueil de ses pensées ; il se
garde bien de répandre en une fois
tout le trésor de son expérience, il
l'amasse avec mystère et jalousie
pour ne le livrer que successivement
et peu à peu dans une série d'ouvra-
ges, de nouvelles et de romans, par
exemple. Il met en action, pour cap-
tiver davantage et plus longtemps ses
lecteurs, les traits de caractère et de
mœurs recueillis, chaque jour, autour
de lui. Mais vous n'étiez pas obligée
à tant d'économie et d'artifice. Ce
n'est point à l'imagination que vous
vous adressez pour séduire la curiosité. Celui-là seul vous lira qui, devant

les automates, préfère au spectacle de leurs gestes la connaissance des ressorts intérieurs et soigneusement dissimulés qui les meuvent. »

Le champ de l'étude que s'est proposé l'homme pour modèle est infini ; on ne peut donc jamais dire d'un recueil de Pensées que ce soit un ouvrage *terminé* ; l'auteur se borne, il a seulement fait son choix, il a mis au point un certain nombre de maximes, celles qu'il juge les plus utiles et les mieux achevées.

Sous quelle forme devra-t-il présenter son travail ?

Il y a deux systèmes : ou classer les *Pensées* par ordre de matières, ou les livrer sans ordre apparent au public, qui sera soumis ainsi aux bonnes ou fines surprises et saura bien s'arrêter aux coins préférés. Parmi les maîtres, Pascal et La Bruyère ont adopté le premier système ; La Rochefoucauld s'en est tenu au second. En réalité, le choix entre les deux doit être dicté d'abord par l'objet que l'auteur a visé, ensuite et surtout par le mode d'exécution qu'il a suivi. Un moraliste a-t-il eu la vaste ambition d'examiner l'homme sous tous ses aspects divers? Alors il se heurte à la nécessité de traiter complètement chaque partie de son sujet. Le titre seul du livre de La Bruyère, *les Caractères*, l'obligeait à une division méthodique.

Chamfort a dû mettre également un

certain ordre dans ses *Maximes et Pensées sur la philosophie et la morale.* M. de Raynal a de même préféré le classement, pour la publication des *Pensées, Maximes et Essais* laissés par Joubert. Ces sentences célèbres étaient si nombreuses et touchaient à tant de sujets différents que, procéder autrement, c'eût été rechercher l'image du chaos. De nos jours, M. Marbeau a imité ces grands modèles dans ses *Remarques et Pensées,* toutefois sans indiquer par des titres spéciaux les divisions que son esprit avait conçues.

Si, au contraire, sans plan inflexible tracé à l'avance, sans avoir du tout formé le projet ambitieux de composer un véritable traité, l'auteur a écrit ses Maximes au jour le jour, à mesure que ses observations et ses réflexions les faisaient naître, il est assez naturel qu'il les publie comme elles ont été écrites. La réunion par matière, loin d'offrir aucun avantage, aurait plutôt l'inconvénient de présenter une lecture monotone ; la libre variété donne plus d'imprévu et soutient mieux l'attention.

Ainsi l'ont cru sans doute La Rochefoucauld, Vauvenargues et, de nos jours, la comtesse Diane. Mais alors, il est bon que, grâce à une table des matières, l'auteur rende aisé aux lecteurs le moyen de rapprocher, s'ils en ont la fantaisie, les pensées qui se rapportent à un même sujet examiné sous plusieurs faces.

***

Ce dernier système est celui qui a été suivi dans le présent ouvrage.

C'est avant tout un livre de bonne foi. Dès la première page, on y reconnaîtra dans le *Penseur* un homme de bien, de vieil honneur et de grand sens, un esprit singulièrement ouvert et tempéré, nourri de la moelle des maîtres et fortifié par une longue expérience de la vie. M. Louis Aigoin m'a fait l'honneur de me demander cette introduction auprès du public; il n'en avait certes pas besoin. Ecrivain de loisir, ce n'en est pas moins un écrivain de bonne race; c'est de plus un moraliste qui prêcha toujours d'exemple. Son livre se recommandait de

lui-même; il a le charme que répand
une âme droite, naturellement bienveil-
lante, et ne s'armant de sévérité qu'a-
vec tristesse contre les sottises, les
vilenies et les mensonges.

PAUL PERRET.

A MADAME SIMONE ARNAUD

Madame et amie,

A vous qui écrivez de si beaux vers, je me permets de dédier ce petit livre, où vous ne trouverez que quelques pages de modeste prose.

En agissant ainsi, je cède au désir de vous offrir un témoignage de ma profonde amitié. Cette dédicace à l'une de mes lectrices montrera, d'ail-

leurs, tout le prix que j'attache aux suffrages des femmes. Aucune ne me reprochera, je l'espère, d'avoir manqué d'équité à leur égard.

Vous qui savez le précieux souvenir que j'ai conservé d'une mère dont je vous ai souvent parlé, et d'une compagne que vous avez été à même d'apprécier personnellement ; vous qui savez aussi le nombre des amies d'élite grâce auxquelles j'ai pu surmonter les tristesses de la vie, vous aurez garde de me supposer des préventions injustes envers votre sexe.

Pour écarter toute suspicion, je vous renouvellerai ici ma profession de foi bien sincère :

A mes yeux, ce qu'il y a encore de meilleur dans l'homme, c'est la femme.

Veuillez agréer, chère Madame, l'expression de mon inaltérable et respectueux dévouement.

LOUIS AIGOIN.

Paris, 30 avril 1895.

RÉALITÉS

DE LA VIE

—

Nous pouvons gémir sur les défauts de l'espèce humaine. Nul n'a cependant le droit de faire entendre une plainte trop amère, puisque nous y apportons tous, hélas! notre contingent.

❧ 2 ☙

Qu'elles seraient allégées, les misères dont l'homme se plaint, si l'on en retranchait toutes celles que chacun se crée à lui-même, et toutes celles que nous causons à nos semblables!

❧ 3 ☙

Les personnes de notre entourage — celles qui sont censées le mieux nous connaître — sont les moins aptes à nous juger sainement : elles nous voient trop par les petits côtés.

✠ 4 ✠

Ne faisons du bien que pour le plaisir de le faire : nous n'aurons pas de déceptions.

✠ 5 ✠

Si les hommes prétendent à la supériorité de l'intelligence, les femmes peuvent se consoler : personne ne leur conteste la supériorité du cœur.

✠ 6 ✠

Courir sans cesse après la fortune, c'est la manière la plus fatigante de rester pauvre.

⊁⊱ 7 ⊰⊁

Les femmes qui se plaignent d'être incomprises devraient avoir l'esprit et se donner la peine de se faire comprendre.

⊁⊱ 8 ⊰⊁

La fidélité est surtout le propre des gens d'habitude. Elle tient presque autant à la force de l'accoutumance qu'à celle de l'amour ou de l'amitié.

⊁⊱ 9 ⊰⊁

Nous réputons sincères ceux qui disent du bien de nous, et flatteurs ceux qui en disent des autres.

✦◄ 10 ►✦

Certaines femmes sont tellement perspicaces qu'elles aperçoivent quelquefois des choses... qui n'existent pas !

✦◄ 11 ►✦

Les escaliers des puissants sont les moins durs à monter.

✦◄ 12 ►✦

En retardant l'accomplissement d'un devoir facile, on trouve le moyen d'en faire une corvée.

✦ 13 ✦

La durée d'un deuil paraît toujours trop longue, dès que le cœur lui assigne une limite.

✦ 14 ✦

On ne se corrige pas de ses défauts, parce qu'il faudrait commencer par se les avouer.

✦ 15 ✦

Avec le divorce, le mariage n'est plus qu'un essai.

✦ 16 ✦

Perdre son esprit à la porte d'entrée, pour ne le retrouver qu'à

la sortie, c'est un petit malheur…
qui n'est pas à la portée de tout le
monde.

✚❮ 17 ❯✚

Les folles espérances, en nous
poussant à grimper sur des bran-
ches qui craquent, nous font tom-
ber de plus haut.

✚❮ 18 ❯✚

Combien nous apprécions l'esprit
de ceux qui nous en trouvent !

✚❮ 19 ❯✚

La ruse a été inventée par les
femmes. Les hommes ne sont que
des contrefacteurs.

✠ 20 ✠

C'est seulement quand nous avons été visités par le malheur, qu'il nous est possible de songer à classer nos amis.

✠ 21 ✠

L'ingrat se souvient éternellement des rares services qu'il a pu rendre.

✠ 22 ✠

Il y a des hommes qui, en amour, placent leur ciel si bas qu'ils s'exposent à n'y trouver qu'un enfer.

—⚜ 23 ⚜—

La rencontre d'une sotte pourrait bien nous faire regretter un sot.

—⚜ 24 ⚜—

L'avare ne doit pas avoir l'idée très nette de l'impossibilité où il sera d'emporter, en mourant, ses richesses.

—⚜ 25 ⚜—

On se plaît à parler de soi ; mais ce qui éloigne de la confession, c'est l'obligation d'aller dire de soi-même tout le mal que l'on en sait.

✦ 26 ✦

La jalousie attise l'amour, jusqu'au jour où elle l'éteint.

✦ 27 ✦

L'amour que la jalousie a tué est celui qui laisse le plus de regrets.

✦ 28 ✦

Tous les hommes se plaignent de l'égoïsme d'autrui, sans se rendre compte qu'ils le développent par leur ingratitude.

✦ 29 ✦

Pourquoi garder imprudemment des lettres d'amour? On ne les relit guère, tant qu'on peut lire dans le cœur qui les a dictées; et, si ce cœur venait à se fermer, on ne les relirait qu'avec douleur !

✢❧ 30 ☙✢

Ceux qui nous aiment nous accordent quelques qualités. Ceux qui nous ont aimés ne nous connaissent plus que des défauts.

✢❧ 31 ☙✢

Ce qui fait, au point de vue purement moral, la supériorité de l'amitié sur l'amour, c'est qu'elle n'est pas une passion.

◄ 32 ►

On simule parfois une amitié pour dissimuler un amour.

◄ 33 ►

L'ami précieux qui nous signalerait nos défauts serait un merle blanc.—Ne serions-nous pas porté à voir en lui un merle noir ?

◄ 34 ►

Nos qualités disposent ceux qui nous approchent à nous aimer, et la foule jalouse à nous haïr.

◄ 35 ►

Du jour où le bandeau de l'a-

mour devient transparent, on peut
être certain qu'il finira par se dé-
chirer.

⊹⊰ 36 ⊱⊹

La déclaration d'amour fera tirer
le verrou sur une porte encore
entr'ouverte. Plus on aime et plus
on la retarde, prévoyant que, s'il
ne vous enferme pas, ce verrou
vous mettra dehors.

⊹⊰ 37 ⊱⊹

Aimer qui ne vous aime pas,
c'est faire, comme le prodigue, une
dépense superflue.

⧭ 38 ⧭

Il est plus facile à l'homme de ramper que de planer : il n'a pas d'ailes !

⧭ 39 ⧭

C'est dans les éléments mêmes de notre bonheur qu'est cachée la source de toutes nos larmes.

⧭ 40 ⧭

Les rêves de bonheur sont un des grands obstacles au bonheur réel, à moins de rêver... qu'on est heureux !

⊹⊱ 41 ⊰⊹

La conversation avec les sots offre cette particularité, qu'ils vous ôtent votre esprit... sans en prendre.

⊹⊱ 42 ⊰⊹

Moins la dévotion guérit une femme de ses passions, plus elle la laisse implacable pour les passions des autres femmes.

⊹⊱ 43 ⊰⊹

Vous avez dit à vos intimes du bien de vos amis, du mal de vos ennemis. Craignez que vos ennemis ne soient les premiers, peut-être même les seuls informés !

✦ 44 ✦

Étudions à fond les gens avec lesquels nous devons vivre. N'étudions pas trop ceux que nous voulons aimer !

✦ 45 ✦

Les habiles, en recherchant avant tout la fortune, savent qu'elle leur donnera, comme par enchantement, toutes les qualités personnelles qui leur manquent.

✦ 46 ✦

Puisque le temps émousse nos joies, il est bien juste qu'il calme nos douleurs.

✦❦ 47 ❧✦

Deux hommes se détesteront, s'ils aiment la même femme, ou s'ils aiment deux femmes qui se détestent. Dans l'inimitié des hommes, vous trouverez presque toujours une femme, quelquefois deux!

✦❦ 48 ❧✦

Ne nous plaignons pas trop des amis qui ne cessent de se lamenter sur eux-mêmes : ils allègent notre tâche.

✦❦ 49 ❧✦

Les ruptures les plus graves sont celles dont on ne peut avouer la véritable cause.

✠◄ 50 ►✠

La coquette, en cherchant à provoquer l'amour, court le risque de mériter la haine.

✠◄ 51 ►✠

Le bonheur des autres n'est-il pas souvent comme un beau fruit, dont nous ne pouvons apercevoir le ver rongeur ?

✠◄ 52 ►✠

Heureusement les conseils ne coûtent rien : sans cela, que de dépenses inutiles !

⊹⊱ 53 ⊰⊹

L'avarice va en s'accentuant jusqu'au dernier jour. A son lit de mort, l'avare acceptera l'extrême-onction : elle est gratuite ; mais il refusera la visite du médecin : il craint encore d'avoir à la payer.

⊹⊱ 54 ⊰⊹

Gardez-vous de juger définitivement les traits d'une femme, tant que vous n'aurez pas causé avec elle ! La révélation de l'âme peut donner du charme à la laideur ou en enlever à la beauté.

✦⟪ 55 ⟫✦

A force de satisfaire aux convenances, en montrant une compassion fictive, les gens d'esprit finissent par faire croire — et peut-être par croire eux-mêmes — qu'ils ont du cœur.

✦⟪ 56 ⟫✦

Si vous faites mal, on vous critique; si vous faites bien, on vous jalouse; si vous ne faites rien, on vous blâme de ne rien faire.

O charmante humanité!

✠ 57 ✠

On passe plus de temps à dénigrer ses ennemis qu'à vanter ses amis.

✠ 58 ✠

L'égoïsme à deux est le plus intelligent des égoïsmes.

✠ 59 ✠

Mettez des enfants auprès d'un tas de sable, ils seront de joyeux terrassiers. Placez-y des hommes, ils se plaindront d'avoir à le remuer. L'obligation gâte tout.

⚜ 60 ⚜

L'encensoir est un instrument qui n'a jamais cassé le nez de personne.

⚜ 61 ⚜

Les femmes surtout comprennent les grandes douleurs, et seules elles peuvent tenter de les consoler.

⚜ 62 ⚜

Ceux qui font l'éloge de leur temps passé sont sincères, mais suspects : ils l'ont vu à travers les illusions de la jeunesse !

⊀ 63 ⊁

Nous n'aimons pas la contradiction ; et cependant, n'est-ce pas dans l'espoir d'être contredit, qu'il nous arrive parfois de médire de nous-même ?

⊀ 64 ⊁

Pour éviter le chagrin que nous cause l'ingratitude, imitons nos obligés : oublions complètement le bien que nous leur avons fait !

⊀ 65 ⊁

Que de jeunes filles ont une tendance à ouvrir leur fenêtre, tout en fermant encore leur porte !

⊹⊱ 66 ⊰⊹

S'il est un cas où le manque de mémoire est précieux, c'est lorsqu'il nous fait ajouter l'oubli au pardon.

⊹⊱ 67 ⊰⊹

La rancune est la haine des impuissants.

⊹⊱ 68 ⊰⊹

On s'épouse quelquefois parce qu'on s'aime, le plus souvent parce qu'on ne se connaît pas.

⊹⊱ 69 ⊰⊹

La louange d'un ennemi est la seule qu'on puisse accepter sans défiance. Et encore ? ne cache-t-elle pas un piège ?

❄❮ 70 ❯❄

Celui qui a été assez habile pour parvenir devrait avoir l'habileté d'éviter les travers des parvenus.

❄❮ 71 ❯❄

Une bien fâcheuse manière d'acquérir l'expérience, c'est de l'acquérir à ses dépens.

En connaissez-vous une autre ?

❄❮ 72 ❯❄

Nos contradicteurs ont toujours l'esprit faux.

⊹⧎ 73 ⧎⊹

Nous ne sommes jamais mécontents du sort... des autres.

⊹⧎ 74 ⧎⊹

Le cœur d'une femme est un baromètre qui stationne rarement au beau fixe. Il est d'ordinaire au variable et passe facilement à la tempête.

⊹⧎ 75 ⧎⊹

Les femmes sont les reines du tact, quand elles ne sont pas les esclaves des nerfs.

✦❮ 76 ❯✦

La coquetterie de la femme est une forme dangereuse de l'égoïsme.

✦❮ 77 ❯✦

L'aversion des gens méprisables est un brevet d'honorabilité plus sûr que l'estime des honnêtes gens.

✦❮ 78 ❯✦

Entre homme et femme, la haine n'est quelquefois qu'un ressouvenir d'amour.

✦❮ 79 ❯✦

On devrait jalouser encore plus
l'esprit que la fortune : celle-ci
peut s'acquérir.

✦❮ 80 ❯✦

Riches et pauvres sont sujets à
bien des chagrins ; mais il y a un
bonheur dont le riche est toujours
assuré : celui de pouvoir faire des
heureux !

✦❮ 81 ❯✦

Nous nous jugeons sur nos intentions. Le monde ne nous juge
que sur nos actes.

❧ 82 ❧

Lorsque la femme passionnée ou sentimentale a l'espoir d'entrevoir l'être aimé, elle le laisse deviner à ses ajustements. La coquette est toujours sous les armes.

❧ 83 ❧

Ce qui empêche certains hommes d'épouser leur maîtresse, c'est qu'ils ne veulent pas avoir... à en chercher une autre.

❧ 84 ❧

Les gens qui posent pour la perfection sont bien capables de nous détourner de courir après elle.

✠ 85 ✠

La femme honnête qui se donne engage sa vie. L'honnête homme qui la prend ne croit pas même avoir engagé le lendemain.

✠ 86 ✠

Le plus affreux des charivaris : une discussion entre esprits faux.

✠ 87 ✠

L'égoïsme se faufile dans nos meilleurs sentiments, dans l'amitié, dans l'amour. On le verra toujours s'arrêter devant l'amour maternel.

✛ 88 ✛

L'extrême indulgence pour nos enfants augmente leurs défauts et diminue leur tendresse.

✛ 89 ✛

Que de gens ont gâté leur bonheur par la prévoyance de maux qui ne devaient jamais les atteindre !

✛ 90 ✛

On connaît la réputation des belles-mères. Il s'est toujours fait sur les beaux-pères un silence flatteur pour les hommes.

✦ 91 ✦

Il est rare que les coquettes ne sachent pas se préserver des sentiments qui enlaidissent.

✦ 92 ✦

Ce qui empêche souvent nos amis de suivre nos conseils, c'est que, tout en nous consultant, ils nous ont caché quelque chose.

✦ 93 ✦

En dehors de l'amour, il n'y a rien de plus charmant pour un homme que l'amitié d'une femme, parce qu'il peut s'y glisser encore,

à leur insu, quelques grains d'a-
mour !

✠ 94 ✠

Parmi les importants qui se
croient le plus indispensables, se
trouvent souvent ceux qui sont les
moins utiles.

✠ 95 ✠

L'inexactitude habituelle est une
habitude égoïste.

✠ 96 ✠

La jeune fille ne dit pas tout ce
qu'elle pense. Bien des femmes ne
pensent pas tout ce qu'elles disent.

✥ 97 ✥

Quand l'ambitieux ne tourne pas le dos au soleil couchant, c'est qu'il pressent le retour de quelque brillante aurore.

✥ 98 ✥

La haine est le produit d'un grief, imaginaire ou réel, qui a germé de lui-même ou qui a été semé dans le cœur d'un méchant.

✥ 99 ✥

On sera impartial pour des inconnus, quelquefois pour ses amis ; on ne l'est jamais ni pour ses ennemis, ni pour soi.

✦❦ 100 ❧✦

S'il est une chose qui doit nous procurer l'estime de nous-même, c'est la certitude d'avoir fait une bonne action « absolument désintéressée ».

✦❦ 101 ❧✦

Nous compatissons plus volontiers aux maux qui pourraient nous atteindre. Notre compassion se développe au souffle de l'égoïsme.

✦❦ 102 ❧✦

Lorsqu'un ménage est devenu un bagne, la demande en divorce est le recours en grâce.

✦ 103 ✦

Combien la conduite de l'homme serait meilleure, s'il était toujours blâmé du mal même par ses amis, et loué du bien même par ses ennemis !

✦ 104 ✦

Il est rare qu'une femme qui dit son âge ne cherche pas à faire circuler une erreur.

✦ 105 ✦

Les orgueilleux sont plus humiliés que reconnaissants d'un acte généreux. Ils sentent que la géné-

rosité est une marque de supériorité.

✦ 106 ✦

L'ambition conduit à donner la
mesure de ce qu'on est capable de
faire.

✦ 107 ✦

Ce qu'on pardonne le moins, ce
sont les injures méritées : elles
atteignent plus profondément.

✦ 108 ✦

De quoi dépend souvent notre
vie tout entière ? — D'une simple
rencontre !

❧ 109 ❧

Les criminels eux-mêmes ont leurs flatteurs.

❧ 110 ❧

L'importance de nos fautes se mesure au rang que nous occupons dans la famille ou dans la société.

❧ 111 ❧

Il en est de l'amitié comme de la fortune : il est aussi difficile de la conserver que de l'acquérir.

❧ 112 ❧

L'amour transforme toujours : il donne de l'esprit, — quand il n'en ôte pas.

✠ 113 ✠

La difficulté de juger sûrement les autres vient de ce qu'il faudrait les bien connaître, sans avoir cependant pour eux ni haine ni amitié.

✠ 114 ✠

L'avare est un égoïste, mais un égoïste qui se sacrifie lui-même à son trésor. L'avarice vient donc à bout de l'égoïsme.

✠ 115 ✠

On joue gros jeu aux mariages d'amour : ils n'ont d'autre issue qu'un paradis ou un purgatoire.

✚⧎ 116 ⧎✚

Notre constance a pour pierre d'achoppement l'inconstance des autres.

✚⧎ 117 ⧎✚

N'exagérez pas trop vos témoignages de tendresse, si vous voulez être longtemps aimé ! Hommes et femmes se lassent de tout, même d'un excès d'amour !

✚⧎ 118 ⧎✚

Que de mères se consoleraient de ne point marier leurs filles, si elles pouvaient empêcher le mariage des filles de leurs amies !

✦ 119 ✦

Au figuré, la plupart des hommes sont myopes ; les grandes lignes leur échappent. En politique, les hommes supérieurs sont les presbytes.

✦ 120 ✦

Le seul duel inévitable est celui dont il serait impossible de soumettre la cause à un jury d'honneur.

✦ 121 ✦

Une femme fait aimer à son mari l'amant d'aujourd'hui. Elle saura le brouiller avec l'amant d'hier.

⊹⋘ 122 ⋙⊹

Le divorce est un acheminement, favorisé par la loi, vers les unions libres, destructives de la famille.

⊹⋘ 123 ⋙⊹

Il faut prendre son temps pour réfléchir, et être prompt ensuite à se décider. La réflexion sans décision est inutile ; la décision sans réflexion est dangereuse.

⊹⋘ 124 ⋙⊹

Les battements d'un cœur passionné sont comme les flots de la mer : jamais en repos et toujours sur le point de passer à la tempête !

⚜ 125 ⚜

Dans la bouche d'une jeune fille, la déclaration qu'elle ne veut point se marier cache souvent le regret de ne pouvoir faire le mariage rêvé par elle.

⚜ 126 ⚜

Le cœur humain est variable comme le vent. Si un cœur ami s'est tourné vers vous, ne fût-ce qu'un instant, aux jours de l'infortune, n'oubliez jamais ce bon mouvement de la girouette humaine !

✠ 127 ✠

En amour, comme à la guerre, que de succès ne sont dus qu'au simple effet du hasard : être arrivé à point !

✠ 128 ✠

Les femmes, qui ont l'instinct de leurs charmes, ne perdent jamais l'espoir de triompher d'un indifférent.

✠ 129 ✠

Si les petits cadeaux entretiennent l'amitié, les grands bienfaits souvent la compromettent : il paraît qu'ils imposent un fardeau trop lourd à la reconnaissance.

⊁⊰ 130 ⊱⊁

Tout obstacle irrite et alimente la passion. Quand l'obstacle est notre propre raison, son effet est permanent. N'est-ce pas pour cela que les amours les plus insensées sont quelquefois les plus violentes et les plus durables ?

⊁⊰ 131 ⊱⊁

Que d'actes nous cesserions d'admirer, si nous pouvions tout approfondir !

⟨ 132 ⟩

Les services inavouables sont
ceux qu'on paie le plus.

⟨ 133 ⟩

S'il vous paraît difficile de servir
un compliment justement assai-
sonné, soyez sans crainte ! il est
rare qu'on y trouve trop d'épices.

⟨ 134 ⟩

Tout homme violent a en lui les
éléments d'un criminel.

⟨ 135 ⟩

Le masque dont se sert le fourbe
l'empêche souvent de voir les filets

qu'il a tendus : il s'y prendra lui-même tôt ou tard.

✠ 136 ✠

La franchise fait des ennemis de ceux dont elle ne fait pas des amis.

✠ 137 ✠

Lorsque c'est possible, il est délicat et souvent habile de donner à un ordre la forme d'une prière.

✠ 138 ✠

Entre gens dépourvus de bons sentiments, les bonnes relations ne sont entretenues que par la fausseté.

❦ 139 ❦

Aux époques où les traditions se perdent et où le besoin d'argent augmente, les enfants sont de moins en moins des descendants, et de plus en plus des héritiers.

❦ 140 ❦

Quand, par exception, l'homme est tout à la fois économe et généreux, il doit faire bonne garde : l'économie serait capable d'étouffer dans son cœur la générosité.

❦ 141 ❦

Pour que les services rendus et reçus ne refroidissent pas l'amitié, il faut que l'un n'ait pas trop de mémoire, et l'autre, pas trop d'oubli.

❧ 142 ☙

Parmi les consolations que nous pouvons laisser à nos parents, il en est une qui manque rarement d'efficacité : un bel héritage !

❧ 143 ☙

Dans la jeunesse, on pense surtout à l'avenir, dont l'arrivée semble trop lente, et dans la vieillesse, au passé, dont la fuite est trop rapide.

✦ 144 ✦

On a des connaissances nouvelles; on ne saurait avoir que d'anciens amis; mais il y a des années qui comptent double.

✦ 145 ✦

Notre partialité envers nous-même compense l'injustice des autres à notre égard.

✦ 146 ✦

Quand deux anciens amants se rencontrent, c'est la femme qui se sent le moins à l'aise : elle a donné davantage !

✢⧏ 117 ⧐✢

Vous pouvez, sans inconvénient, vanter l'amour platonique : ne craignez pas d'amener la fin du monde !

✢⧏ 148 ⧐✢

Le manège d'une coquette est des plus simples : reculer quand l'autre avance, avancer lorsqu'il recule, de manière à se trouver toujours en vue et toujours à distance.

✢⧏ 149 ⧐✢

Il faut être bien fort pour se guérir d'un amour partagé, et bien faible pour laisser grandir un amour sans espoir.

⊷⊱ 150 ⊰⊶

Il y a moins d'inconvénient à abuser de ses facultés qu'à ne les point exercer du tout.

⊷⊱ 151 ⊰⊶

Pourrait-on se résigner à vivre, si l'on n'était ou si l'on ne se croyait aimé de personne ?

⊷⊱ 152 ⊰⊶

Jusqu'à votre mort, on énumère vos défauts ; le lendemain, on loue vos qualités ; le surlendemain, on ne pense plus à vous.

✠ 153 ✠

Il faut beaucoup d'orgueil, ou beaucoup de naïveté, pour supposer qu'ils ne diront pas de mal de vous, ceux qui vous en disent de tout le monde.

✠ 154 ✠

En amour, il n'y a rien d'invraisemblable.

✠ 155 ✠

La galerie voit plus clair que les joueurs. Nos actes sont plus sûrement jugés par les autres que par nous-mêmes.

✠ 156 ✠

Inclinons-nous devant ces admirables égoïstes qui mettent, à faire le bien, toute leur satisfaction personnelle !

✠ 157 ✠

Dieu, en créant la femme, a voulu faire entrevoir à l'homme, dès ce monde, l'ange et le démon.

✠ 158 ✠

La volonté, qui implique toujours une grande confiance en soi, est un don précieux ou funeste, selon que le jugement est sûr ou faux.

✠ 159 ✠

Pour trouver et pour peindre l'égoïste, ne nous donnons pas la peine de l'aller chercher bien loin!

✠ 160 ✠

La lecture, c'est la pensée des autres. Elle occupe les esprits passifs et leur suffit. Elle repose les esprits actifs et les fertilise.

✠ 161 ✠

Deux égoïstes se lieront d'une vive amitié, — tant qu'ils auront besoin l'un de l'autre.

✠ 162 ✠

La femme de cœur a toujours devant elle un idéal, auquel elle sacrifiera tout, dût-elle se sacrifier elle-même.

✠ 163 ✠

La susceptibilité est une petitesse, toutes les fois qu'elle n'est pas une preuve évidente de dignité.

✠ 164 ✠

La timidité protège la vertu de certaines femmes, comme le défaut d'audace protège la probité de certains hommes. — Honnêteté douteuse de gens qui n'osent pas !

✦ 165 ✦

Troublons le moins possible nos amis par le récit de nos peines ! Malheureux, ils ont assez de leur tristesse ; heureux, ils trouveront la nôtre inopportune.

✦ 166 ✦

Le trésor qu'on met le moins d'ardeur à acquérir, c'est le plus précieux de tous : celui des qualités morales.

✦ 167 ✦

Les amis acquis par la fausseté sont une pépinière d'ennemis.

✠ 168 ✠

Le mensonge, lorsqu'il ne trompe pas, jette une grande clarté sur le menteur.

✠ 169 ✠

Au jeu de la vie, le hasard donne les cartes ; mais il y a la manière de les jouer. La vie n'est donc pas un simple jeu de hasard.

✠ 170 ✠

Nos illusions s'égrènent tout le long de la route, et l'on constate avec tristesse, aux dernières étapes, qu'il en reste à peine de quoi remplir le creux de la main.

✠ 171 ✠

L'amour, le bonheur, et quelquefois la douleur même donnent à la femme un surcroît de beauté; les mauvais sentiments, un surcroît de laideur.

✠ 172 ✠

Il n'y a de véritable bonheur que dans les affections avouables et partagées.

✠ 173 ✠

Le seul moyen d'atténuer la laideur physique qu'apporte la vieillesse, c'est d'acquérir la beauté morale.

✦❮ 174 ❯✦

Chercher à voir l'objet aimé, quand on veut se guérir de l'amour, c'est faire comme celui qui demanderait à boire, pour se guérir de son intempérance.

✦❮ 175 ❯✦

La perspicacité doit donner la mesure de la confiance. Une défiance injuste est blessante; une confiance imméritée est dangereuse.

✦❮ 176 ❯✦

La femme douée des qualités qui subjuguent les hommes ne peut guère espérer la sympathie des femmes.

✠⟫ 177 ⟪✠

Un bon sentiment tend à s'affaiblir par l'expansion qu'il comporte ; un mauvais, à s'accroître par la concentration qu'il nécessite.

✠⟫ 178 ⟪✠

Que de femmes, dans un salon, hésitent à lever le siège, par crainte de laisser le champ libre aux langues... de leurs bonnes amies .

✠⟫ 179 ⟪✠

Le silence est la plus délicate des critiques.

✦ 180 ✦

Pour nous rendre compte des illusions de la jeunesse, allons revoir les lieux embellis par nos souvenirs d'enfance : le cœur y pourra trouver quelque satisfaction ; mais les beaux rêves de l'imagination tomberont presque toujours devant la réalité.

✦ 181 ✦

L'âme — l'âme forte surtout — reste souvent étrangère aux actes et indifférente aux sensations du corps. Quelle preuve irrécusable de la dualité de notre nature !

✠ 182 ✠

Marier des gens d'humeurs incompatibles, c'est rapprocher des substances qui ne peuvent se combiner sans explosion.

✠ 183 ✠

Quand une femme que nous aimons en aime un autre, il nous paraît qu'elle a mauvais goût.

✠ 184 ✠

On trouve plus de jaloux parmi les amants, qui n'ont guère le droit de l'être, que parmi les maris, qui en auraient peut-être le devoir.

185

En voyant entrer l'égoïste, on doit se dire : que peut-il avoir à demander ?

186

Dès qu'il y a du bien à faire, gardons-nous de trop réfléchir !

187

Un mauvais cœur est pire qu'un mauvais caractère; mais le mauvais caractère rend la cohabitation plus difficile que le mauvais cœur.

188

L'absence est la pierre de touche de l'affection : elle sert à montrer jusqu'à quel point on ne saurait se passer de ceux qu'on aime.

+❧ 189 ❧+

C'est encore la femme sans amour qui devrait le moins se désoler de vieillir.

+❧ 190 ❧+

Les gens qui ne sont jamais à cheval sur les convenances sont les plus disposés à s'offusquer, quand les autres mettent un instant pied à terre.

+❧ 191 ❧+

N'espérez pas qu'un menteur croie jamais à votre sincérité!

❧ 192 ❧

En famille, il faudrait s'abstenir de discuter sur les petites choses : on a bien assez de disputer sur les grandes.

❧ 193 ❧

L'obscurité est la sauvegarde de la réputation. La calomnie mord tout ce qu'elle voit.

❧ 194 ❧

Il faut dorer la critique comme on dore une pilule; car, si elle est aisée à servir, elle est difficile à faire avaler.

⊁⊰ 195 ⊱⊁

Les hommes haïssent autant ceux vis-à-vis desquels ils ont des torts que ceux qui ont des torts à leur égard.

⊁⊰ 196 ⊱⊁

Observons nos semblables, bien moins pour les critiquer que pour chercher à nous assimiler leurs qualités, et à nous préserver de leurs défauts.

⊁⊰ 197 ⊱⊁

L'amour a son ver rongeur : la jalousie !

⥇ 198 ⥈

L'ascendant qu'on exerce sur la multitude est en raison, non de l'intérêt qu'on lui porte, mais de l'intérêt qu'on représente à ses yeux.

⥇ 199 ⥈

La violence d'une rupture peut laisser l'espoir d'une réconciliation. Les liaisons qui s'éteignent doucement, comme par anémie, ne se ravivent jamais.

⥇ 200 ⥈

Ils ont bien raison de se vanter, ceux qui ont de justes motifs de craindre qu'on ne remarque pas leurs belles qualités !

✦❧ 201 ❧✦

La douleur physique a souvent son utilité : elle est la sentinelle chargée de nous signaler la présence et la marche de la maladie.

✦❧ 202 ❧✦

Les dissentiments des parents font ressortir, aux yeux des enfants, les inconvénients du mariage. Ils prédisposent les fils au célibat ; ils arment les filles pour les luttes conjugales.

⚜ 203 ⚜

On peut encore saluer ceux qui ont des remords.

⚜ 204 ⚜

La propagande du mal est celle dont le succès est le plus assuré.

⚜ 205 ⚜

Les jeunes filles qui n'apportent pas leur innocence en mariage y apportent du moins leur expérience : on ne saurait tout avoir !

⚜ 206 ⚜

Les oreilles du bavard sont les seules qui ne se lassent jamais d'entendre sa voix.

⊹⊱ 207 ⊰⊹

L'ingratitude ne consiste pas seulement dans l'abandon complet des bienfaiteurs dont nous n'attendons plus rien ; elle résulte aussi d'une simple nuance dans nos procédés à leur égard.

⊹⊱ 208 ⊰⊹

Il y a des femmes qui idéalisent les sens ; il y en a qui matérialisent le sentiment. Les premières sont de la nature des anges ; les autres, de celle des démons.

✠ 209 ✠

Les raccommodements en amour sont des replâtrages. Superposés, ils manquent de solidité.

✠ 210 ✠

Le parvenu continuera à jeter quelques regards sur ses amis restés au bas de l'échelle, tant qu'il aura besoin qu'on la lui tienne encore.

✠ 211 ✠

Nous ne suivons que les conseils superflus : ceux qui se trouvent conformes à nos passions ou à nos intérêts.

⚜ 212 ⚜

Il est téméraire de soumettre à une trop grande épreuve l'ami que l'on tient à conserver.

⚜ 213 ⚜

Les illusions, — le plus sûr élément de notre bonheur, — sont l'apanage de la jeunesse. C'est presque un malheur de voir trop juste, qualité précieuse et funeste qu'on n'acquiert qu'en vieillissant.

⚜ 214 ⚜

Lorsque nous avons plusieurs devoirs à remplir, commençons par les plus pénibles. Nous rendons notre tâche chaque jour plus légère.

⊱ 215 ⊰

L'indépendance, honorable quand il s'agit du caractère, cesse de l'être quand il s'agit du cœur, auquel l'honneur même l'interdit.

⊱ 216 ⊰

La persistance de la volonté est, suivant l'importance des choses, du caractère ou de l'entêtement : une qualité ou un défaut.

⊱ 217 ⊰

L'estime publique est sujette à se fourvoyer. Sans l'amour-propre, nous ne la rechercherions guère : la nôtre devrait nous suffire.

✠ 218 ✠

L'embarras des menteurs qui manquent de mémoire ou d'esprit est quelquefois bien amusant.

✠ 219 ✠

La mesure du mépris dû au trompeur se trouve dans le degré de la confiance qu'on lui avait témoignée.

✠ 220 ✠

Il y a malheureusement un esclavage qu'on n'abolira jamais : celui que nous imposent nos passions.

⊁⊰ 221 ⊱⊁

Entre amis, la diplomatie est suspecte.

⊁⊰ 222 ⊱⊁

La timidité, indépendamment d'une cause nerveuse, commune à tous les cas, a deux causes morales bien opposées : l'orgueil ou l'humilité.

⊁⊰ 223 ⊱⊁

L'ambition, chez les médiocres, est aussi dangereuse pour la société qu'est regrettable le défaut d'ambition chez les hommes de valeur.

✠ 224 ✠

La morale « indépendante » peut se comparer à un code qui n'aurait oublié que deux choses : le chapitre des peines et l'institution d'un juge.

✠ 225 ✠

Plus on a l'âme élevée, et moins l'on ose quelquefois descendre jusqu'au profond de son cœur.

✠ 226 ✠

Quand la femme, comme la place de guerre, se laisse longtemps assiéger, la reddition est inévitable.

⤜ 227 ⤛

La mère doit redoubler de sur-
veillance, du jour où sa fille met
de côté sa poupée : c'est la preuve
que les jouets commencent à ne
plus lui suffire.

⤜ 228 ⤛

Si nous pensions davantage à la
perte possible de ceux que nous
aimons, nous ne leur ferions jamais
de chagrin, de peur de nous créer
des regrets stériles, et peut-être des
remords !

⤜ 229 ⤛

Ce que vous critiquerez dans une

œuvre, ce sera presque toujours...
ce que l'auteur préfère.

◄ 230 ►

Le savoir-vivre se compose d'une
foule de choses qui sont des minu-
ties, mais dont l'ensemble permet
aux gens du monde de se reconnaître.

◄ 231 ►

Dans le dédale des convenances
mondaines, l'esprit est un guide
précieux. Dans les relations intimes,
le cœur est un conseiller encore plus
sûr.

⚜ 232 ⚜

Toute femme, austère ou courtisane, doit quelquefois rêver, avec regret, aux douceurs d'un véritable amour.

⚜ 233 ⚜

La profonde douleur ressentie à la mort d'un être tendrement aimé s'alimente au souvenir vivant de ses qualités, sans trouver d'atténuation dans le souvenir éteint de ses défauts.

⚜ 234 ⚜

Bien des succès, dont les hommes se glorifient, sont dus moins à leur habileté qu'à la maladresse de leurs adversaires.

⊹≪ 235 ≫⊹

Il est fâcheux, pour le renom d'un peuple, qu'on ne puisse pas toujours mesurer, à leur popularité, l'honneur de ceux auxquels il confie ses destinées.

⊹≪ 236 ≫⊹

On a une tendance à parler de ceux qu'on aime. Sans le vouloir, l'homme parlera à tout propos de sa maîtresse, et la femme, de son amant.

⊁⊰ 237 ⊱⊀

En récriminant contre ceux qui le mènent, l'être sans volonté fait ressortir davantage la faiblesse de son caractère.

⊁⊰ 238 ⊱⊀

La curiosité doit être pour quelque chose dans le premier amour de la jeune fille.

⊁⊰ 239 ⊱⊀

Beaucoup de femmes semblent ne voir qu'à travers un microscope, qui exagère tout à leurs yeux. Bien peu se servent de la lorgnette qu'on peut mettre au point.

✦ 240 ✦

Quand l'homme, dans la vieillesse, ne sait pas se corriger de l'amour, c'est l'amour lui-même qui se charge de le punir.

✦ 241 ✦

L'orgueilleux trouve un grand plaisir à la louange : elle est méritée ; il se consolera de la critique : elle est injuste.

✦ 242 ✦

Le ridicule tue... même l'amour !

◄ 243 ►

Le monde tend à devenir un grand bazar. On y trafique de tout : marchandises, charmes et consciences.

◄ 244 ►

Parmi les nombreux obstacles que nous rencontrons pour arriver à la perfection, il y a la difficulté de nous défaire des défauts de nos qualités mêmes.

◄ 245 ►

La foule, c'est la solitude, quand on n'y peut entrevoir l'être adoré; mais il n'y a pas de désert pour un couple qui s'aime.

⨳ 246 ⨳

Les femmes, qui ont des raffinements de délicatesse, sont bien reconnaissantes, lorsque leurs sentiments sont compris jusqu'au bout.

⨳ 247 ⨳

Le chien aime et défend son maître. L'homme le déteste, et le tue quelquefois.

⨳ 248 ⨳

L'inexpérience donne à la jeunesse un charme que l'expérience ôte à la maturité.

❧ 249 ❧

L'amitié sincère d'un rival serait un phénomène d'une nature toute particulière.

❧ 250 ❧

La grande ambition d'un homme a le plus souvent pour objectif les femmes, ou pour stimulant, une ardente ambition féminine.

❧ 251. ❧

La vie est une course d'obstacles. Quand on les a tous, avec peine, habilement franchis, que trouve-t-on toujours au bout de la piste ?—la culbute !

᛭ 252 ᛭

La délicatesse de l'ingrat consiste à ménager une transition dans l'abandon de ses bienfaiteurs.

᛭ 253 ᛭

Vous avez convoqué un écrivain pour lui soumettre votre œuvre : il commencera par vous lire la sienne.

᛭ 254 ᛭

L'amoureux est le plus grand des adulateurs. Aussi, le désir qu'ont les femmes d'être flattées vient-il augmenter chez elles le besoin d'être aimées.

✠ 255 ✠

Les gens de cœur et les égoïstes ont un point de ressemblance : ils ne se défient pas de leur premier mouvement, et ils le suivent.

✠ 256 ✠

Un peu de coquetterie dissimule les injures du temps ; trop de coquetterie ne sert qu'à les faire ressortir.

✠ 257 ✠

Les hommes tiennent aux avantages de leur sexe, et ils ont raison, puisqu'ils lui doivent surtout l'amour de la femme.

✢⟨ 258 ⟩✢

Toute fiancée est à l'apogée de la perfection.

✢⟨ 259 ⟩✢

On voit des femmes honnêtes s'évertuer à passer pour des femmes légères : tendance périlleuse. Au jour du danger, elles n'ont plus à craindre de se compromettre ; c'est un obstacle de moins à leur chute.

✢⟨ 260 ⟩✢

L'homme est toujours surpris de rencontrer la bêtise chez une femme.

⊶ 261 ⊷

Une rouée exploitera les hommages des indifférents, pour mettre son mari sur une piste trompeuse.

⊶ 262 ⊷

Nous faisons tous parfois le mal. Les méchants sont ceux qui en ont pris l'habitude.

⊶ 263 ⊷

Les femmes dont les yeux sollicitent l'amour savent que les hommes se dérobent rarement aux quêtes de charité.

✠ 264 ✠

A l'instar des marchands, nous parons tous le dessus de notre panier. Avant d'entrer en relation avec nous, chacun devrait commencer par le sonder.

✠ 265 ✠

Ce qui rend si nécessaire la première éducation, c'est que les frottements du monde n'y suppléent jamais.

✠ 266 ✠

Certaines gens ne rendent de petits services que pour se donner le droit d'en demander de grands.

✦❰ 267 ❱✦

Les difficultés matérielles et impérieuses de la vie nous aident quelquefois, par une pénible diversion, à surmonter l'intensité de certaines douleurs morales.

✦❰ 268 ❱✦

On ferme la porte au bonheur, quand on l'ouvre aux amours impossibles.

✦❰ 269 ❱✦

Les femmes qui se donnent méritent la sympathie, l'indulgence ou le mépris, selon qu'elles ont cédé à la tendresse, au tempérament ou à l'intérêt.

❧ 270 ☙

Le bonheur qui chante à nos oreilles nous empêche d'entendre les sanglots de l'humanité. Ceux-ci n'arrivent jusqu'à nous que lorsqu'ils font un concert avec les nôtres.

❧ 271 ☙

Des diverses manières de pénétrer la nature d'une femme, la plus sûre n'est pas toujours de causer avec elle.

✠ 272 ✠

Dieu, par les peines qu'il envoie à l'homme, celui-ci, par l'abus des plaisirs qu'il recherche, s'entendent pour abréger la durée de la vie humaine.

✠ 273 ✠

La jalousie fait naître presque autant d'amours qu'elle en brise. Les hommes et les femmes à bonnes fortunes lui doivent une partie de leurs succès.

✠ 274 ✠

La jeune fille la plus timide entr'ouvrira souvent son rideau pour jeter un regard furtif sur la vie.

⊹⧏ 275 ⧐⊹

L'amour a des ailes qu'on ne saurait couper, sans le blesser mortellement. C'est regrettable : une fois envolé, il ne revient pas.

⊹⧏ 276 ⧐⊹

La coquetterie de l'esprit est la précieuse ressource des femmes qui n'ont point à leur disposition celle de la beauté.

⊹⧏ 277 ⧐⊹

L'homme faible, mais entêté, montrera le plus souvent sa faiblesse pour les bonnes résolutions, et son entêtement dans les mauvaises.

⁘ 278 ⁘

De toutes les habitudes, celles qui tiennent de la manie sont les plus impérieuses.

⁘ 279 ⁘

Combien les relations entre parents et amis seraient meilleures, s'ils avaient toujours entre .eux les égards qu'ils ont... pour tout le monde !

⁘ 280 ⁘

L'enfer est pavé, dit-on, de bonnes intentions. Il n'est pas surprenant qu'elles soient exclues du ciel, puisque nous les trouvons insuffisantes sur la terre.

✦ 281 ✦

Lorsqu'on a la certitude que les éplorés tiennent encore à la vie, on peut se rassurer sur les suites de leur douleur.

✦ 282 ✦

Faire sentir à un ingrat les services qu'on lui a rendus, c'est lui donner un grief, dans lequel il s'empressera de puiser la justification de son ingratitude.

✦ 283 ✦

Ils ont de durs mécomptes, ceux qui n'obligent les gens que pour les plier sous leur dépendance.

❧ 284 ❧

L'inertie qui provient de la paresse nous empêche de triompher des autres. Celle qui provient de la volonté empêche les autres de triompher de nous.

❧ 285 ❧

N'y a-t-il pas de la témérité dans l'espoir de corriger les enfants de toutes les mauvaises choses que nous leur laissons voir en nous ?

❧ 286 ❧

Ordonnance d'un docteur adroit qui connaît bien les femmes :

« Faites, Madame, ce qui vous fera le plus de plaisir ! »

⊁⊱ 287 ⊰⊁

La coquetterie devient touchante, lorsqu'elle se met au service d'un sincère amour.

⊁⊱ 288 ⊰⊁

Quand nous pouvons les faire partager, nos joies augmentent et nos peines diminuent.

⊁⊱ 289 ⊰⊁

Il est quelquefois plus difficile d'obtenir d'une femme l'aveu que la preuve de son amour.

❧ 290 ❧

Les pauvres jalousent le luxe du riche. Si quelque chose devait calmer leur convoitise, ce serait le passage de son corbillard empanaché.

❧ 291 ❧

La force de notre âme se mesure à la manière dont nous supportons nos maux, et la bonté de notre cœur, au chagrin que nous ressentons des maux d'autrui.

❧ 292 ❧

Autrement vite que la goutte d'eau qui finit par ronger la pierre, des riens répétés, dont on ne se défie pas, détruisent les sentiments les plus solides.

✦✦ 293 ✦✦

Agissez suivant votre conscience ; laissez au monde la peine d'apprécier si vous avez agi selon l'honneur !

✦✦ 294 ✦✦

Le bonheur conjugal est un édifice fragile, que le temps détériore chaque jour. On l'entretient par la tendresse ; on le ruine par le choc des dissentiments.

⊹⟨ 295 ⟩⊹

Il est aussi impossible de raisonner le cœur que de suspendre le mouvement des flots.

⊹⟨ 296 ⟩⊹

Le sort de l'homme fortuné, harcelé par la crainte, n'est peutêtre pas meilleur que celui du misérable soutenu par l'espérance.

⊹⟨ 297 ⟩⊹

D'ordinaire, les femmes se plaisent à faire mystère des plus petites choses, et elles vous révéleront les secrets les plus importants.

❈ 298 ❈

A moins d'un excès de confiance ...ou de présomption. l'amour est toujours doublé de jalousie.

❈ 299 ❈

Si l'immensité des mers nous impressionne aussi vivement, n'est-ce pas parce qu'elle met sous nos yeux une image de l'infini, qui correspond à l'immensité de nos désirs ?

❈ 300 ❈

Les femmes qui ne savent pas se défendre, sont celles qui sont le moins fâchées d'être attaquées.

ᐸ 301 ᐳ

Chaque jour, en s'envolant, nous rapproche de la mort, et ceux qui la redoutent se plaignent parfois que les jours ne passent pas assez vite !

ᐸ 302 ᐳ

L'intérêt est toujours le plus persuasif et souvent le plus dangereux des conseillers.

ᐸ 303 ᐳ

On monte lentement l'escalier de la fortune. La descente est plus rapide, et la chute parfois mortelle.

✠ 304 ✠

Le tact est une qualité indéfinissable, qui passe inaperçue de ceux quien manquent, et dont l'absence choque singulièrement ceux qui en sont doués.

✠ 305 ✠

Notre bonheur dépend moins des circonstances que de notre caractère et de notre habileté à diriger ou utiliser les événements. Nous avons donc, en naissant, une prédestination heureuse ou malheureuse.

✦❮ 306 ❯✦

Le voyageur laisse souvent trop à faire pour le moment prévu du départ. Que de choses il reste à régler au jour imprévu de la mort !

✦❮ 307 ❯✦

Dès que le cœur et l'esprit ne sont pas d'accord, ils n'ont qu'un but, qu'un espoir : se tromper !

✦❮ 308 ❯✦

Aux moyens employés par l'ambitieux, vous apprécierez la légitimité de son ambition.

✦❮ 309 ❯✦

Comment s'étonner de l'injustice

des hommes? Ceux qui s'aiment le plus ne sont jamais absolument justes les uns envers les autres.

✦⬅ 310 ➡✦

Le Droit n'étant pas une science exacte, la Jurisprudence, précieux arsenal des hommes de loi, fournit imprudemment des armes à tous les plaideurs.

✦⬅ 311 ➡✦

Les fausses démonstrations d'amour, envers l'être qui nous aime, ne sont quelquefois qu'un effet de la bonté du cœur.

⊱ 312 ⊰

La femme saura dissimuler long-temps, parmi son entourage, le sentiment qui la domine; mais, dès qu'on est sur la piste, on en retrouve la preuve jusque dans ses moindres démarches.

⊱ 313 ⊰

Si vous voulez obtenir d'un ami l'oubli de vos torts, gardez-vous de lui parler des siens : il ne pourrait plus vous pardonner.

⊱ 314 ⊰

L'absence fait pressentir les tristesses de la mort. C'est déjà la mort, quand on ne doit plus se revoir.

✦ 315 ✦

Le grand regret de l'avare doit être de ne pouvoir faire de lui son légataire universel.

✦ 316 ✦

La femme s'aperçoit vite de la séduction qu'elle exerce, et la plus honnête n'en ressent que du plaisir. Le danger est de laisser grandir un sentiment qu'elle ne partagera point, — ou d'en venir à le partager.

✠ 317 ✠

Que de causes diverses engendrent l'amitié ! Une seule chose y mettra toujours obstacle : le défaut de confiance.

✠ 318 ✠

Ce ne sont pas les raisonnements des athées qui me feraient douter de la Providence. Ce serait plutôt la douleur d'une mère pleurant son enfant.

✠ 319 ✠

Vivons avec la pensée qu'à la fin de la vie notre unique consolation sera d'avoir fait quelque bien, et notre principal regret, de n'en avoir pas fait davantage.

✠❦ 320 ❧✠

Si Dieu ne nous a pas donné toutes les qualités, c'est pour nous permettre d'en acquérir. S'il a mis en nous bien des défauts, c'est pour nous laisser le mérite de nous en corriger. Élevons-nous donc dans l'échelle des êtres ! Tâchons de mourir meilleurs que nous ne sommes nés !

ACTUALITÉS

Les voleurs ne courent plus les grandes routes, pour détrousser ceux qui passent. Ils habitent, dans les villes, des maisons dorées, où les naïfs vont leur porter spontanément leur argent.

✠ 322 ✠

On crée partout des « œuvres »
de toutes sortes. C'est, le plus souvent, pour permettre à quelqu'un
d'être « président » de quelque
chose.

✠ 323 ✠

Quel régal, si toutes non con-
temporaines avaient autant d'étoffe
dans l'esprit que dans les bouffants
de leurs manches !

✠ 324 ✠

Maintenant, pour qu'on ne puisse
contester la rapidité de leurs infor-
mations, les journaux vous enter-

rent parfois... la veille de votre
mort.

⊁⊱ 325 ⊰⊱

Dans les lettres et dans le · arts,
un « Chef d'École » est un homme
de génie, à moins qu'il ne soit ce
qu'on appelle aujourd'hui : un « fu-
miste ».

⊁⊱ 326 ⊰⊱

Par genre, une femme du monde
ne prend plus le bras de son mari.
Cette démonstration était embar-
rassante pour celles qui redou-
taient la rencontre d'un amant.

✦ 327 ✦

On désigne sous le nom de « naturalistes », des peintres dont les œuvres ne permettent pas toujours de reconnaître la « nature ».

✦ 328 ✦

Depuis qu'on donne la main à tout le monde, il n'est guère de forçat qui ne puisse se vanter d'avoir serré la main d'un honnête homme.

✦ 329 ✦

Les adeptes d'une nouvelle école n'ont d'admiration que pour les écrivains qu'ils ne sont point certains de comprendre.

┼◄ 330 ►┼

L'abus des fleurs donne aujour-d'hui aux enterrements l'aspect d'une fête. Il semble que, par décence, les héritiers devraient les proscrire.

TABLE ALPHABÉTIQUE

DES PENSÉES

Les chiffres indiquent les numéros d'ordre

A

B

C

I

O.

P

S

T

U

V

Poitiers, Imprimerie Blais, Roy et Cie.

ERRATUM

—

Préface, page XXIII, 5ᵉ ligne : *au lieu*
de que, *lire* qui.

LIBRAIRIE P. OLLENDORFF

28 *bis*, rue de Richelieu, PARIS

COLLECTION DES MORALISTES

Édition de luxe, petit in-18, avec encadrements filets de couleur

A TRAVERS LA VIE, par Mme Louise d'Alq.. . . . . . .   4 fr.

HEURES GRISES, par Marie Valière. . . . .   4 fr.

LIVRE DE MINUIT (LE), par Arsène Houssaye, pré-
face de Georges de Peyrebrune. . . . .   4 fr.

MAXIMES DE LA VIE, par la comtesse Diane, préface
par Sully Prudhomme, de l'Académie française.   4 fr.

MORALE MONDAINE, par Ange Bénigne. . . . .   4 fr.

LES PATENÔTRES D'UN SURNUMÉRAIRE, par Joseph
Delarol. . . . .   4 fr.

PENSÉES D'UN SCEPTIQUE, par Ph. Gerfaut . . . .   4 fr.

PENSÉES D'AUTOMNE, par A Fournier . . . .   4 fr.

LA PROIE DU NÉANT, par Edmond Thiaudière. . . . . .   4 fr.

PETIT BRÉVIAIRE DU PARISIEN, par Daniel Darc.
Avec illustrations, par Reganley.. . . . .   6 fr.

RECUEIL VICTOR HUGO, Livre pour anniversaires,
par Mlle Blees. . . . .   5 fr.

ROSES DE NOEL. Pensées d'hiver, par la marquise
de Blocqueville.   . . . .   4 fr.

SAGESSE DE POCHE, par Daniel Darc . . . .   4 fr.

VOUS ET MOI, par Louis Depret . . . .   4 fr.

POITIERS. IMP. BLAIS, ROY ET Cie